Analyse de l'œuvre

Par Rebecca Sutherland

Tess d'Urberville

Thomas Hardy

lePetitLittéraire.fr

Analyse de l'œuvre

Par Rebecca Sutherland

Tess d'Urberville

Thomas Hardy

lePetitLittéraire.fr

Rendez-vous sur lepetitlitteraire.fr et découvrez :

Plus de 1200 analyses
Claires et synthétiques
Téléchargeables en 30 secondes
À imprimer chez soi

THOMAS HARDY

ROMANCIER ET POÈTE ANGLAIS

- **Né à Higher Bockhampton, Dorset (Royaume-Uni) en 1840.**
- **Décédé à Dorchester (Royaume-Uni) en 1928.**
- **Travaux notables :**
  - *Loin de la foule déchaînée* (1874), roman
  - *Le Maire de Casterbridge* (1886), roman
  - *Jude l'obscur* (1895), roman

Hardy nait dans une famille rurale et, en grandissant, il est très attentif à la vie des familles voisines, à leurs balades et leurs superstitions. Jeune homme, il aime la musique et les rituels associés à l'église, et sa première profession est celle d'apprenti architecte ecclésiastique. Il s'installe à Londres en 1862 et, alors que sa foi commence à s'effriter, il s'intéresse à la poursuite d'une carrière d'écrivain à plein temps. *Far from the Madding Crowd* est le roman qui assure à Hardy son premier succès commercial. Ses écrits sont souvent publiés en série, et des œuvres comme *Tess d'Urberville* et *Jude l'obscur* sont critiquées pour leur contenu sexuel et censurées pour la publication en série. Les thèmes prédominants dans les œuvres de Hardy sont les menaces physiques pesant sur ses héroïnes, les décors ruraux et agricoles et les conflits entre traditionalistes et modernistes. Plus tard dans sa vie, Hardy est acclamé pour sa poésie, dont le premier volume est publié en 1898. Hardy possède aujourd'hui un double héritage littéraire en tant que romancier victorien admiré et poète respecté du XXe siècle.

TESS D'URBERVILLE

L'HISTOIRE DE LA VIE ET DES MALHEURS DE TESS DURBEYFIELD

- **Genre :** roman
- **Edition de référence :** Hardy, T. (2013) *Tess of the d'Urbervilles*. [En ligne]. Urbana : Projet Gutenberg. [Consulté le 27 septembre 2018]. Disponible à l'adresse suivante : < http://www.gutenberg.org/ebooks/110>
- **1ère édition :** 1891
- **Thèmes :** la nature et l'agriculture, la position des femmes, la moralité conventionnelle, la religion, les superstitions.

L'un des derniers romans de Hardy, l'histoire de la vie de Tess Durbeyfield, a d'abord été publié en série sous une forme censurée en 1891 avant d'être publiée en trois volumes en 1892. On dit souvent que le roman s'inscrit dans la tradition des romans réalistes (caractérisés par l'œuvre de George Eliot [romancière anglaise, 1819-1880]) avec ses paysages, ses vies et ses voyages détaillés. Le roman de Hardy partage également des caractéristiques avec la fiction épistolaire populaire du 18e (romans contenant des lettres) et un autre genre littéraire populaire des années 1860 : la fiction à sensation. Le roman de Hardy, qui relate la vie mouvementée de son héroïne, a fait l'objet de certaines critiques en raison de son contenu sexuel (en particulier, la description des relations de Tess avec deux hommes, Angel Clare et Alec d'Urbervilles), ce qui a entraîné sa censure lorsqu'il a été publié en série. Cependant, le roman a connu un succès retentissant et a été adapté au théâtre, à l'opéra et, plus récemment, au cinéma et à la télévision à de nombreuses reprises depuis sa publication.

RÉSUMÉ

LA JEUNE FILLE

Hardy ouvre son roman par une rencontre fortuite sur la route entre un homme ivre, Jack Durbeyfield, et un pasteur qui se met à l'appeler "Sir John". Le pasteur explique qu'il a découvert que Jack descendait d'une ancienne famille de chevaliers : les d'Urbervilles. Sa fille Tess, qui assistait à un bal le 1er mai, retourne à la maison familiale délabrée où sa mère, Joan, lui révèle la nouvelle surprise. Les parents de Tess prévoient secrètement de l'envoyer faire appel à une famille locale portant le nom de d'Urbervilles.

Tôt le lendemain matin, Tess part faire une livraison au nom de son père. Le voyage se termine en tragédie lorsque Tess s'endort au volant et que le cheval de la famille (et sa source de revenus) est tué dans une collision. Accablée par la culpabilité, Tess se rend chez les d'Urbervilles et rencontre Alec, le fils aveugle de Mme d'Urbervilles, qui l'alarme en étant trop familier. Il est révélé au lecteur que ces d'Urbervilles ne sont que des imposteurs, ce qu'Alec sait mais dissimule. Lorsqu'elle rentre chez elle, une lettre est remise à Tess l'invitant à s'occuper de l'élevage de volailles chez les d'Urbervilles et, malgré ses réticences, Tess finit par accepter d'y aller.

Les attentions d'Alec se poursuivent et atteignent leur point culminant lors d'une nuit brumeuse où Tess participe à une excursion de beuverie dans un autre village. Les femmes avec lesquelles Tess se trouve se retournent contre elle et Alec apparaît sur un cheval pour l'aider. Épuisée, Tess le rejoint et ils se perdent, s'arrêtant finalement dans un ancien bois appelé The Chase. Lorsqu'Alec revient de sa mission de repérage, il tombe par hasard sur le corps endormie de Tess. Hardy nous éloigne de la scène à ce moment-là, mais il est sous-entendu que Tess est violée par Alec.

PLUS UNE SERVANTE

Quelques semaines plus tard, Tess quitte la maison des d'Urbervilles, ignorant les supplications d'Alec pour qu'elle reste. Elle retourne dans la maison de son enfance pour avouer à sa mère, Joan, ce qui s'est passé, et se voit reprocher de ne pas avoir épousé Alec.

L'histoire fait ensuite un saut dans le temps jusqu'au mois d'août, où l'on retrouve Tess travaillant dans un champ. Ses frères et sœurs arrivent alors et lui remettent un bébé qu'elle allaite. Peu de temps après, le bébé de Tess tombe malade, ce qui pousse Tess à procéder elle-même au baptême de l'enfant. Après la mort du bébé, Tess est invitée à devenir laitière à quarante kilomètres de là.

Tess commence à travailler dans une laiterie appartenant à Richard Crick, et tombe amoureuse d'un jeune homme nommé Angel Clare. Les camarades de chambre de Tess –Izz, Retty et Marian – sont également entichées d'Angel, qui lui avoue son amour avant de demander à son père d'approuver leur union. Angel revient et demande à Tess d'être sa femme. Tess, retenue par son passé, refuse au départ, mais finit par accepter sa demande au cours d'une promenade en charrette sous la pluie. La veille de son mariage, Tess tente de se confesser en glissant une lettre sous la porte d'Angel, mais elle découvre par la suite que la lettre a glissé sous le tapis.

Le couple se marie. Tess est surprise lorsqu'Angel fait une confession avant elle en admettant une « dissipation » (p. 225) avec un étranger à Londres. Tess est soulagée que son mari soit coupable du même crime qu'elle et lui raconte tout.

LA FEMME PAIE

Angel ne peut accepter ce que Tess lui dit, insistant sur le fait qu'elle est « une autre femme » maintenant (p. 229). Tess finit par dire qu'elle veut rentrer chez elle, ce qu'Angel accepte volontiers. Cette nuit-là, Angel, somnambule, porte Tess sur une tombe, la croyant morte, et lui exprime son chagrin. Il quitte Tess le lendemain matin et, peu après, invite Izz Huett à l'accompagner au Brésil, où il a l'intention de fonder une ferme, mais il finit par l'abandonner.

Huit mois plus tard, l'argent de Tess est presque épuisé. Marian, de la laiterie, l'invite à venir travailler avec elle. Tess déguise son visage en voile pour éviter les avances non désirées et se rend dans la morne ferme. Son employeur s'avère être un homme rancunier, car il connaît le passé de Tess et avait déjà tenu des propos y faisant allusion lorsqu'il l'avait rencontrée dans une auberge, ce qui avait poussé Angel à le frapper.

Ayant besoin d'une aide financière, Tess se rend au presbytère où vivent les parents d'Angel, mais elle est effrayée par ses frères, qu'elle entend parler d'elle. Sur le chemin du retour, elle entend un homme prêcher avec passion et est choquée de découvrir qu'il s'agit d'Alec d'Urbervilles. Alec poursuit Tess et lui fait jurer sur une croix de pierre qu'elle ne le « tentera » pas (p. 313). Tess lui dit qu'elle est mariée et exige qu'il la laisse en paix. Tess est effrayée et écrit à Angel pour « me sauver de ce qui me menace » (p. 339). Entre-temps, Angel a déjà pris le chemin du retour, ayant changé d'avis.

La sœur de Tess vient la chercher pour la conduire au chevet de leur mère mourante, mais Joan finit par se rétablir et c'est son père Jack qui meurt subitement. La famille est chassée de son logement et forcée de dormir dans les ruines des d'Urbervilles. Alec réapparaît pour offrir un abri à Tess et sa famille.

Angel retourne en Angleterre mais tarde à retrouver Tess. Il est heureux de la trouver dans un logement élégant mais elle lui dit sans émotion qu'il est trop tard et que d'Urbervilles l'a reconquise. Après le départ d'Angel, la propriétaire regarde Tess accuser Alec de lui avoir menti en lui disant que son mari ne reviendrait jamais. Peu après, Tess part et la propriétaire remarque une tache rouge grandissante sur le plafond. Le corps d'Alec est découvert, poignardé en plein cœur.

Tess court après Angel et lui dit qu'elle a tué Alec. Ils se réfugient dans un manoir vide. La nuit suivante, ils atteignent Stonehenge. Lasse, Tess s'allonge sur une dalle. Elle demande à Angel s'ils se retrouveront après la mort et lui demande d'épouser sa sœur s'il lui arrive quelque chose. Au lever du jour, Tess est appréhendée.

La dernière scène du roman montre Angel et la sœur de Tess ensemble alors qu'ils observent un bâtiment au loin. Lorsqu'un drapeau noir est hissé, ils se mettent tous deux à genoux, comme pour prier, et il est sous-entendu que Tess a été mise à mort pour ses crimes. Le roman s'achève alors que le couple traverse la colline, main dans la main.

ÉTUDE DE CARACTÈRE

TESS DURBEYFIELD

Tess est le personnage central du roman. Elle est la fille aînée de Jack et Joan Durbeyfield, des gens ordinaires qui aiment boire, bien que la famille descende de la noble famille d'Urbervilles du côté paternel. Hardy présente la beauté de Tess comme captivante, décrivant sa « bouche mobile en forme de pivoine » (p. 8) et ses regards qui « séduisent l'attention occasionnelle » (p. 86). Hardy semble suggérer que le destin tragique de Tess découle de la combinaison de sa beauté et de son « absence d'art » (p. 33). Il présente Tess comme une personne quelque peu inconsciente : « Je n'ai pas compris ce que vous vouliez dire jusqu'à ce qu'il soit trop tard » dit-elle à Alec (p. 75) et elle répète mot pour mot les phrases qu'Angel lui a dites, même si elle ne les comprend pas. Cependant, Tess est également utilisée comme porte-parole pour des défenses éloquentes : par exemple, elle insiste auprès d'Angel sur le fait que « je ne suis une paysanne que par position, pas par nature » (p. 231). Hardy affirme que la « plaie corporelle de Tess était sa récolte mentale » (p. 122), ce qui lui donne une conscience solennelle de la mort et de la misère. La personnalité de Tess est pleine de contradictions : sa culpabilité contredit souvent la fierté et le sentiment de supériorité qu'elle ressent du fait de ses relations avec Alec et Angel, et sa passivité – disant qu'elle se tuera si Angel l'exige – est contrebalancée par des occasions où elle affirme fortement sa volonté, comme lorsqu'elle quitte la maison des d'Urbervilles et sa propre maison familiale. Les larmes que verse Tess en tuant des faisans blessés par bonté contrastent finalement avec le meurtre qu'elle commet à la fin du roman. Cependant, la clé de la compréhension de ces contradictions se trouve peut-être dans ses autres caractéristiques, car Tess est également dépeinte comme une amoureuse dévouée, comme une personne ayant un sens du devoir extrêmement fort, et comme une femme déchirée par les exigences finalement contradictoires de la société qui la gouverne.

ALEC D'URBERVILLES

Sans doute l'antagoniste du roman, la présence du prétendant d'Urbervilles est rampante et insidieuse. Alec apparaît d'abord dans l'embrasure d'une porte sombre, puis à travers le lierre, se cache derrière des rideaux et attend Tess lors de nuits sombres : sa présence est toujours immédiatement troublante. Son apparence trahit sa fausse ascendance par des lèvres « mal moulées » (p. 34) et des « touches de barbarie » (p. 35). Le caractère d'Alec est régi par l'animalité : même sa prédication est intrinsèquement animée par la passion lors de sa brève conversion avec Tess. Alec se croit victime de la tentation de Tess, affirmant qu'il ne peut résister à sa beauté et usant de railleries et de mensonges pour la manipuler. Alec fournit des biens matériels à la famille de Tess et à Tess elle-même, mais ces biens font toujours partie d'un échange où Tess doit payer d'une autre manière. La déclaration d'Alec après le viol : « Je suis prêt à payer jusqu'au dernier sou » (p. 75) implique un code moral défectueux qui suppose que l'argent peut tout guérir. La déconversion d'Alec met en lumière son impiété, puisqu'il insiste sur le fait qu'il n'y a « personne envers qui être responsable » (p. 332). Ainsi, à travers Alec, Hardy explore les dangers d'exister en dehors des conventions sociales, sans code moral indépendant.

ANGEL CLARE

La présence d'Angel Clare dans le roman semble initialement offrir le salut à Tess. Angel est le fils gentilhomme de parents anglicans dévoués et Tess croit qu'il incarne une bonté qu'elle ne pourra jamais atteindre, car il est érudit, beau et joue de la harpe – Hardy exagère presque l'apparente pureté d'Angel. Cependant, les défauts d'Angel finissent par apparaître au grand jour : il aime Tess « de façon idéale et fantaisiste » (p. 203) et se révèle peut-être même être un miroir pour Alec. Il est pareillement captivé par la beauté de Tess (le narrateur note qu'il n'a « rien vu d'égal à [la bouche de Tess] sur la face de la terre », p. 147, ce qui fait écho aux descriptions ultérieures des yeux de Tess par Alec), est pareillement sujet à des « humeurs démoniaques » (p. 266) et affirme pareillement qu'il ne peut se contrôler en présence de Tess. Hardy identifie chez Angel une « veine de métal » (p. 241) qui l'empêche d'accepter la religion de ses parents et le passé de Tess. À travers Angel, Hardy explore la chute de la logique dépourvue d'émotion : résolument convaincu de sa propre droiture, Angel devient bigot et fermé aux perspectives des autres, de la même manière qu'il imagine que sa famille religieuse l'est. De cette façon, Angel sert également de contre-pied à Tess, que

Hardy décrit comme « un simple réceptacle d'émotions »
(p. 9). À travers Angel, Hardy explore la cruauté qu'une
autre version de la masculinité victorienne inflige à Tess
et démontre que la perfection est souvent une illusion en
révélant qu'Angel est « encore l'esclave de la coutume et
de la convention » (p. 265).

ANALYSE

ORDONNER LE MONDE :
DESTIN ET FATALITÉ

Hardy s'intéresse à la façon dont ses personnages essaient de donner un sens au monde qui les entoure. Il explore le thème de l'inévitabilité à travers la croyance des personnages ruraux dans le destin. On peut dire que l'identification de Tess à la terre comme une étoile « flétrie » (p. 26) préfigure sa propre tragédie. En « se regardant dans la lumière d'une meurtrière » (p. 29) après que le cheval de la famille a été tué, Tess crée finalement une prophétie auto-réalisatrice qui aboutit à ce qu'elle devienne réellement une meurtrière, puisqu'elle est continuellement motivée par sa culpabilité. Lorsque Tess rencontre Alec, son incapacité à voir qu'il pourrait bien être la source de sa tragédie la prive de tout moyen d'évasion.

L'œuvre de Hardy est également truffée de cycles apparemment incassables. L'amour « amer » (p. 55) de Mme d'Urbervilles pour Alec fait écho à l'amour et au dégoût combinés de Tess pour son propre enfant. De plus, au moment de l'agression de Tess, Hardy écrit qu'elle était « condamnée à la recevoir » (p. 71), peut-être à cause des vieux crimes des d'Urbervilles, et déclare simplement : "it was to be" (*ibid.*).

Hardy s'appuie à plusieurs reprises sur l'ironie et les présages dans son roman : par exemple, l'obsession d'Angel pour Tess repose sur le fait qu'elle est une « fraîche et virginale fille de la nature » (p. 117), ce que le lecteur sait déjà qu'elle n'est pas. Le roman est hanté par un double de Tess qui n'a jamais rencontré Alec, mais cette autre femme – celle qu'Angel croit être avant sa confession – ne peut exister et n'existe pas. Pour Hardy, la tragédie réside dans l'incapacité de ses personnages à connaître le sort qui leur sera réservé, même s'il semble inévitable. Angel finit par laisser Tess dans une vieille ferme des d'Urbervilles après l'y avoir emmenée dans un carrosse qui est la relique d'un vieux crime des d'Urbervilles. De même, Tess ne peut savoir que le fait de ne pas compter sur l'aide financière du père de Clare scelle son destin tragique (« sans savoir que le plus grand malheur de sa vie était cette perte féminine de courage », p. 302). Le titre du roman renforce ce sentiment : Tess est déjà « de la famille d'Urbervilles » et donc en quelque sorte condamnée par son ascendance et par les événements de sa vie qui la lient à Alec d'Urbervilles.

LE RÔLE DES RÉFÉRENCES TEXTUELLES

Le texte de Hardy est rempli de ballades, d'écritures, de chansons et d'histoires : il cite Shakespeare, la Bible, ainsi que des ecclésiastiques et des savants. D'une part, Hardy semble croire que la sagesse que l'on peut trouver dans la littérature peut aider ceux qui en tiennent compte. Après une citation de Roger Ascham (écrivain anglais, 1515-1568), Hardy affirme que « les textes et les phrases gnomiques » (p. 96) auraient évité à Tess d'être « imposée » (*ibid.*) (même si la citation elle-même, "we find out a short way by a long wandering", explique pourquoi elle n'a pas pu prendre ce raccourci). Tess elle-même se plaint de n'avoir jamais eu la chance de « lire des romans » (p. 80) qui lui auraient parlé « de ces trucs » (*ibid.*). Enfin, Angel et Tess sont tous deux conseillés par Shakespeare : une citation de *Roméo et Juliette* (1597) prévient Tess que « ces plaisirs violents ont des fins violentes » (p. 214), tandis qu'un sonnet shakespearien réprimande Angel pour un amour qui « alter[ed] quand il alter[ound] » (p. 374).

Cependant, ces citations semblent victimiser Tess plus souvent qu'elles ne l'aident, les sources faisant autorité devenant des voix de condamnation et non de réconfort. Plusieurs exemples existent dans le roman, de la ballade qui hante Tess alors qu'elle se tient dans sa robe de mariée ("that never would become that wife / That once had amiss", p. 206) au verset biblique barbouillé sur un mur qui la confronte après son expérience dans The Chase : "Thy, damnation, slumbereth, not" (p. 75 ; une version paraphrasée de 2 Pierre 2:3).

En fait, Angel et Tess cherchent tous deux du réconfort dans une citation particulière, mais ne le trouvent finalement pas. Le conseil « ne soyez pas perturbé » (p. 260) trouve sa réponse dans « C'était juste l'opinion de Clare. Mais il était perturbé » (*ibid.*). De même, lorsque Tess se répète à elle-même « Tout est vanité » pour se réconforter, elle trouve que c'est « une pensée tout à fait inadéquate pour les jours modernes » (p. 279), car « Si tout n'était que vanité, qui s'en soucierait ? » (ibid.).

LE RÔLE DES ÉMOTIONS (ROMANTISME ET MODERNISME)

Tess d'Urberville a été publié après l'apogée du réalisme victorien (un mouvement littéraire qui s'intéresse aux récits « ordinaires » et « véridiques » de la vie ; pour plus d'informations, voir les sources énumérées dans les *études de référence*). Hardy refuse que le roman soit simplement classé dans ce mouvement en incluant des moments comme celui-ci : « c'est alors que commencèrent l'extase et le rêve, dans lesquels l'émotion était la matière de l'univers » (p. 61). Le mouvement littéraire moderniste qui s'est imposé dans les années qui ont suivi la publication de l'œuvre de Hardy s'est caractérisé par un intérêt similaire pour l'émotion et l'expérience psychologique de la vie. En effet, Hardy affirme ailleurs dans le roman que « le monde n'est qu'un phénomène psychologique » (p. 83). Il est important de noter que c'était également l'un des traits caractéristiques du romantisme, un mouvement intellectuel datant d'environ 1800-1850 qui mettait l'accent sur l'individualisme et l'émotion et dont Hardy était réputé être un grand admirateur.

Hardy utilise l'ouverture de son roman pour ruminer le paysage changeant de l'histoire, car les célébrations du May Day qu'il décrit mènent à une réflexion sur les May Days du passé : « avant que l'habitude de prendre des longues vues n'ait réduit les émotions à une moyenne monotone » (p. 7). Étant donné son admiration pour les romantiques, il serait logique que Hardy utilise le narrateur comme porte-parole de ses propres idées.

Plus loin dans le roman, le narrateur affirme également que ce que les gens croient être des « idées avancées » ne sont que des « sensations que les hommes et les femmes ont vaguement saisies pendant des siècles » (p. 122). Il est donc sous-entendu que l'émotion elle-même est intrinsèquement sage, alors pourquoi Tess, décrite comme « un simple réceptacle d'émotions non purifiées par l'expérience » (p. 9), s'en sort-elle si mal dans le roman ? Peut-être est-ce parce que les idéaux émotionnels de Tess ne sont pas en phase avec l'époque actuelle, que son « sang normand n'a pas été aidé par le lucre victorien » (p. 11), et que sa position sociale ne lui permet donc pas de vivre la vie émotionnelle plus complète qu'apprécie Hardy (bien qu'il reconnaisse également qu'un « paysan » peut mener une « vie plus vaste, plus complète et plus dramatique » (p. 151) qu'un roi en raison de son état mental).

POURSUITE DE LA RÉFLEXION

QUELQUES QUESTIONS À MÉDITER…

- La justice est-elle rendue à la fin du roman de Hardy ? Expliquez votre réponse en discutant de la manière dont le thème de la justice est exploré dans le roman.
- Dans quelle mesure la phrase d'ouverture du roman (« nos impulsions sont trop fortes pour notre jugement », p. 2) est-elle vraie ?
- Tess est-elle une « femme pure » ? Comment Hardy révèle-t-il que cette étiquette est intrinsèquement erronée ?
- Quelles sont les difficultés à lire *Tess d'Urberville* à une époque aux mœurs conventionnelles différentes ? Quels éléments sont particulièrement choquants ?
- Avez-vous lu d'autres romans victoriens et, si oui, comment *Tess d'Urberville* se compare-t-il à eux ?
- Analysez l'opinion de Hardy sur les machines agricoles modernes à partir de sa description de l'homme-moteur (p. 328).
- Examinez le rôle de la religion dans le roman : le roman adopte-t-il une position particulière à l'égard de la religion ? Quels sont les défauts qu'il dénonce dans les différentes idées religieuses ?
- Utilisez la citation de Tess : « Cela ne vous a jamais frappé que ce que chaque femme dit, certaines femmes peuvent le ressentir » (p. 75), et d'autres passages du roman de votre choix pour explorer la façon dont Hardy présente l'action féminine.

AUTRES LECTURES

EDITION DE RÉFÉRENCE

- Hardy, T. (2013) *Tess of the d'Urbervilles*. [En ligne]. Urbana : Projet Gutenberg. [Consulté le 27 septembre 2018]. Disponible à l'adresse suivante : < http://www.gutenberg.org/ebooks/110>

ÉTUDES DE RÉFÉRENCE

- David, D. ed. (2001) *The Cambridge Companion to the Victorian Novel.* Cambridge : Cambridge University.
- Millgate, M. (Sans date) Hardy, Thomas. *Oxford Dictionary of National Biography.* [En ligne]. [Consulté le 23 septembre 2018]. Disponible à l'adresse suivante : < https://doi.org/10.1093/ref:odnb/33708>
- Mullan, J. (2014) Realism. *The British Library.* [En ligne]. [Consulté le 23 septembre 2018]. Disponible à l'adresse suivante : < https://www.bl.uk/romantics-and-victorians/articles/realism>

ADAPTATIONS

- *Tess.* (1979) [Film]. Roman Polanski. Réalisateur. Royaume-Uni : Columbia Tristar.
- *Tess of the d'Urbervilles.* (1998) [Film]. Ian Sharp. Réalisateur. Royaume-Uni : Cinema Club.
- *Tess of the d'Urbervilles.* (1999) [comédie musicale du West End]. Stephen Edwards, musique et Justin Fleming, paroles. Londres : Savoy Theatre.
- *Tess of the D'Urbervilles.* (2008) [Série télévisée]. David Blair. Réalisateur. Royaume-Uni : BBC.

Votre avis nous intéresse !
Laissez un commentaire sur le site de votre librairie en ligne
et partagez vos coups de cœur sur les réseaux sociaux !

lePetitLittéraire.fr

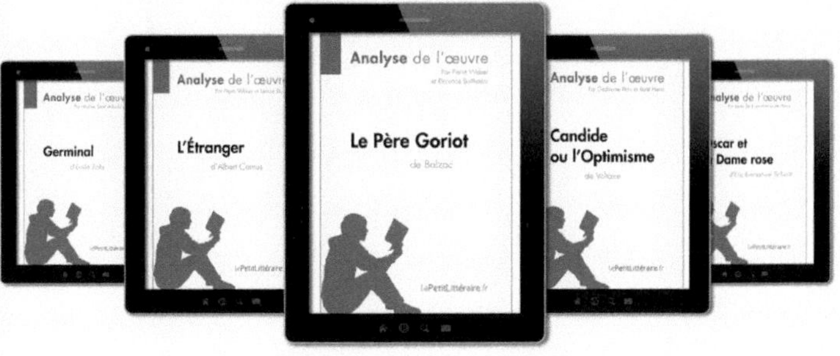

- des analyses de livres
- des fiches de lectures
- des commentaires littéraires
- des questionnaires de lecture
- des résumés

**Retrouvez
notre offre complète sur**
lePetitLittéraire.fr

www.lepetitlitteraire.fr

ISBN version numérique : 9782808684439
ISBN version papier : 9782808685238
Dépôt légal : D/2023/12603/1023

Conception numérique : Primento,
le partenaire numérique des éditeurs.